달의 끝에서 길을 잃다

천년의시 0152

달의 끝에서 길을 잃다

1판 1쇄 펴낸날 2023년 12월 18일
지은이 백명희
펴낸이 이재무
기획위원 김춘식, 유성호, 이형권, 임지연, 홍용희
책임편집 박예솔
편집디자인 민성돈, 김지웅, 정영아
펴낸곳 (주)천년의시작
등록번호 제301-2012-033호
등록일자 2006년 1월 10일
주소 (03132) 서울시 종로구 삼일대로32길 36 운현신화타워 502호
전화 02-723-8668
팩스 02-723-8630
블로그 blog.naver.com/poemsijak
이메일 poemsijak@hanmail.net

백명희ⓒ, 2023, printed in Seoul, Korea

ISBN 978-89-6021-747-8
       978-89-6021-105-6 04810(세트)

값 11,000원

*이 책은 **Jeju 제주특별자치도** 와 제주문화예술재단으로부터 제작비 일부를 지원받았
 습니다.

달의 끝에서 길을 잃다

백 명 희   시 집

천년의
시작

시인의 말

살아온 날들에 대한 혼잣말……

2023년 9월 어느 날

차 례

시인의 말

제1부

제2부

제3부

제4부

제1부

산후풍

삼칠일이 지나도 엄마는 오지 못했다
기대가 기울 때쯤 걸려 오던 전화
아버지 잔병에 발이 묶인 푸념부터
삼복더위에 해산이냐는 짧은 안부
물과 바람을 피하라는 금기까지 듣노라면
나는 율법을 어긴 소녀처럼 덜컥
주어진 현실 앞에 숨이 막혔다
갓난쟁이는 낮밤으로 칭얼대고
혼자 끓이는 미역국은 돌아서면 상하는데
물과 바람 없이는 열대야의 밤을 버틸 수 없고
금기를 깬들 신은 관심 없다고
끊어진 전화기에 눈물을 타전하던 그해 여름
어느 심심한 신이 지나다
뼛속까지 겨울을 심어 놓았는지
한여름에도 발이 시리다
온몸에 겨울을 품고 산다

양철 대문

고향 집 대문은 양철이었다
나무문이 주는 낭만도
쇠문에서 느껴지는 무게감도 없었다
그저 낡은 슬레이트 지붕을 지탱할 뿐,
아무것도 투시되지 않고
로프를 매달 수도 없었던
평면 절벽의 은빛 히말라야
나는 맨손이었고 어렸다

도망치듯 고향 집을 떠나온 후
변두리 단칸방을 전전하던 시간
철없던 젊음 위로 세월만 흘렀는데
여전히 나는 양철 대문 안이다

돌아보면 낭만은
맨손으로 집을 떠난 객기에 있었고
생은 처음부터 무거웠는데
모르는 게 나았을 내일이 두려워
평생을 앞만 보고 달렸나

\>

양철 대문 안에 쌓인 인생의 희비가

히말라야처럼 아득하다

어둠 속에 숨다

연대기를 알 수 없는 어둠이 내린다
사냥의 끝을 알리는 침묵의 빛깔
포식자들은 어둠 속으로 사라지고
상처 입고 쓰러진 나의 작은 방에도
잠시 평화가 온다

강한 종만이 살아남는다는데
싸움에도 소질이 없고
반복되는 공격에도 내성이 생기지 않는 나는
멸종 위기 심신을 가진 호모 사피엔스
살아남은 오늘보다 살아 내야 할 내일이 더 두려워
어둠 속에 숨는 고립을 즐기지만

어둠은 상처받은 영혼의 휴식처
밤사이 생채기에 새살을 돋게 하고
폐허가 된 마음을 까맣게 지워 준다

왜 그리 나약한지 따지지도 않는
끝없는 어둠 속에
연대기를 잊은 나의 하루를 묻는다

겨울, 달팽이 집을 그리다

단칸방은 오래된 무덤 같다
변두리 셋방으로 이사 오던 겨울,
찢겨 나간 벽지마다 그려진 곰팡이 벽화,
파수꾼처럼 당당히 드나들던 문틈의 바퀴벌레,
을씨년스러운 천장의 거미줄은 현실이다
고장 난 전기장판을 깔고 누워
스물넷, 살아온 날들의 기억을 좌판처럼 늘어놓고
검은 비닐봉지에 분리 처리한다
재활용도 안 될 기억들은 버리는 데도 돈이 들어
무단 투기 하려던 기억들이
가난한 발바닥에 들러붙는다
희미한 촛불마저 얼리는 단칸방의 시간은
뼛속 깊이 염세주의의 씨앗을 심어 놓고
야수의 발톱을 가진 세상에 해마다 많은 세금을 냈지만
일 년은 삼 년이 되고, 십 년이 됐다
시간에도 이자가 붙는 것인지,
서른넷, 여전히 내 곁에서 뒤척이는 가난은
오래된 무덤 속 배경처럼 굳어져 간다

권태 청소하기

일요일 오후, 잠자는 집을 깨운다
거실 구석에서 졸고 있는 청소기를 앞세워
누렇게 뜬 수건을 깨우고
베개 밑에 숨은 양말 한 짝을 깨우고
밥풀이 말라붙은 숟가락을 깨우고
코를 후비던 휴지 조각까지 깨워서
각자의 자리로 되돌려보내는 시간

편찮으신 친정 엄마 생각에 훔쳐내던 눈물도
부부 싸움 끝에 뱉어 낸 살기 어린 말들도
먼지와 뒤엉켜 창틀에 숨은 고민들도
청소기 속으로 함께 쓸려 보내고
쓸고 또 쓸어 낸다
닦고 또 닦아 낸다
빨고 또 빨아 낸다

일요일마다 새롭게 일어서는 집
딱지가 떨어지듯 집 안 구석구석에 새살이 돋는다

누가 나도 쓸고 닦아 주면 안 되나?

기차를 타고

밤이 돼서야 알았어요. 이곳이 높은 곳이라는 것을. 황홀한 야경이 슬픔으로 느껴지는 현실, 바람이 자꾸 갈라진 창문을 파고들어요. 내전 지역보다 혹독한 살기, M16 소총이 있다 해도 바람과 맞서 싸울 수는 없어요.

흙 한 줌 가지고 태어나지 못한 아버지, 아버지가 평생을 노래하던 방 한 칸, 방 한 칸으로 시작되는 넋두리가 싫어서 이불을 뒤집어쓰면 이불에 찌든 곰팡내가 나를 어둠으로 내밀고. 어둠 속에서 홀로 숨죽여 울던 엄마.

유전병처럼 전해지는 유산에 대해서는 모두가 입을 다물죠. 태생대로 사는 것이 운명이라고, 슬레이트 지붕을 뚫고 떨어지는 빗방울이 말해 줘요. 가질 수 없는 희망들을 누런 벽지 위에 새겨 놓으면 사춘기 열병이 나를 흔들고,

떠날 거야, 기차를 타고. 당신의 태생을 물려받진 않을 테야, 그러나 어른이 되어야만 내릴 수 있는 기차, 다음 기차는 어디서 타야 하는지 아무도 가르쳐 주지 않아요. 바람은 쉼 없이 옥탑방을 흔들어 지금 이곳은 너무 춥고 어두워요. 봄처럼 따뜻한 햇볕이 곧 내 방문을 열어 줄까요?

모노드라마

처음부터 리허설은 없었다
배역은 연극쟁이 아내
세상이 던져 주는 쪽대본을 들고
현실이라는 무대에 오를 뿐이다
결말을 모르는 이야기도
예측할 수 없는 관객들의 반응도
모두 내가 선택한 길
서러움은 의미 없다

세상은 이제 시간을 졸라
나에게 반백의 분장을 하라는데
등에 업힌 아이들은 내려올 줄 모르고
홀로 서는 무대는 너무 외롭지만
스릴러의 대본이든 액션의 대본이든
닥치는 대로 살아 내다 보면
언젠가 이 연극도 막이 내리겠지
그때까지 담담해야 할 나의 무대

텅 빈 객석의 시간만이 관객이다

워셔액을 뿌리며

제 나이를 알아 달라고
가래 낀 기침 소리를 반복하는 시동
출근길 아침은 시작부터 전쟁이다
중고의 수명이 다 거기서 거기
하루만 더 버티자 살살 달래는데
차창 밖으로 보이는 뿌연 사하라
내 나이도 알아 달라고 의미 없는 푸념 날린다
핸들을 잡은 손은 선인장을 닮아 가고
룸미러에 비친 얼굴에도 가뭄이 한창인데
안전벨트의 영역은 어디까지인지
폐차의 그날이 다가와
가끔씩 정신을 놓는 브레이크처럼
오늘, 세상의 모래 폭풍을 만나
소리 없이 사라질 것만 같다
다시 돌아올 수 있을까
주문 같은 독백 위로 워셔액을 뿌린다
오아시스 없는 하루를 향해 달린다

빨래 너는 밤

세탁기에서 옷을 꺼내기도 귀찮은 저녁
손빨래하다 허리 펴던 옛날을 생각한다
할머니 돌아가시고 텅 빈 집이 심심해
여덟 살, 시키지도 않은 빨래를 했다
손바닥보다 큰 빨랫비누
잡으면 미끄러지던 빨랫방망이
부모님들의 일복은 펼치기도 어려웠는데
노을을 등진 엄마의 지친 얼굴
그 주름 하나를 펴는 게 좋았다
허리 한번 펴면 해가 중천
찬밥에 물 말아 먹고
하늘과 가까운 빨랫줄에 옷을 널면
각자의 무게만큼 눈물을 떨구던 옷가지들
빨래집게 없이도 잘 매달렸다
지금은 빨랫줄 없이도 건조되는 세상인데
빨래집게 없이 너무 오래 매달렸나
고장 난 허리에 만사가 귀찮은 저녁
빨래 대신 건조대에 기억을 널어 두고 잔다

졸업

졸업식이 끝나 가는 교문 앞
졸업생보다 많은 꽃다발들이
좁은 좌판 위에 누워 있다
고시원 쪽방 같은 일렬횡대
칼바람 속에 기다리는 떨이의 기적

화려한 꽃은 못 피웠어도
벌레들과 사투를 벌이고
몇 번의 태풍도 이겨 냈다고
어느 화병 가리지 않고
청춘을 불살라 만개하겠다고
좌판을 벗어날 수만 있다면
드라이플라워도 상관없는데

흩어지는 군중들은 파장罷場을 알리고
갈 곳 없는 좌판 위의 청춘들
고시원 쪽방보다 더 어두운 상자 속으로
철거된다

천 원에 기대다

야근이 끝나기를 기다리는 건
점심에 사 온 천 원 김밥 한 줄이다
모두들 퇴근하고 홀로 남은 외로움
자정에 이른 허기를 채워 주려
한여름의 더위와 싸우고 있다

은박 수의 속에서 젖은 숨을 쉬는
최고로 값싼 재료들의 향연
힘없이 말아 감은 테두리는
허술한 내장에도 밀려 풀어지고
설익은 밥알은 혓바늘을 긁지만
김밥도 나도 아직 쓸만한걸
이미 시작된 부패의 시큰함은
소주 한 잔으로 소독하면 그만이다

가격 맞춘 삶끼리 다독이는 밤
사무실이 무덤처럼 고요하다

총파업

근육들이 뭉쳤다
며칠 모른 척 아닌 척 야근을 했더니
틈새마다 끼어드는 편두통까지
오늘은 어림없다 꿈적 않는다
피로 회복제를 앞세워 협상을 시작한다
워킹 맘에게 근육통은 일상이니
일단 일어나면 또 하루 버텨진다고
한 시간 늦잠으로 합의하자는데
강경파 다리근육들이 문제다
더 이상 타협할 시간이 없다
온몸에 계엄령 내리고
샤워기로 뜨거운 물대포 쏘려는데
모든 세포들 일어나 열 폭발한다
졌다, 이불 속으로 맥없이 말려들어 갈 때
배고프다 달려온 딸아이
뽀로로 밴드 이마에 부착
총파업 끝

0시

괘종시계가 심장을 친다
스물네 구간 입석 완행
내일의 기차가 왔다고
초침 끝에 매달린 나를 떠민다

생계의 짐은 어제보다 무겁고
온몸은 녹슨 레일처럼 삐걱이는데
피할 수 없는 저 피곤한 기차
오늘과 내일의 경계가
어제와 오늘의 경계가 되는 순간
쉼 없는 쳇바퀴 노선도 시작이다

시간을 분으로 쪼개 사는 건
이제 정말 못 하겠는데
종착역까지 쭉 입석일 내일
어디에 민원을 넣어야
고생했다 빈말이라도 들을까

죽은 듯 시간을 멈추고 싶은 밤
오차 없는 열두 번의 심폐소생술
다시 오늘이다

방전

휴대전화에서 열이 난다
너무 많은 일을 시킨 탓이다
화면 속의 세상을 수시로 열어
실시간 검색어를 확인하고
이른 아침 밴드를 회진하며
좋아요 웃음으로 출석 도장을 찍었다
당신과 영혼 없는 답문 사이
어색함을 대신할 이모티콘 하나
암세포보다 질긴 스팸 전화에 지치고
보이스 피싱에 심장이 쫄깃
행적마다 찍히는 카드 영수증
기억에서 사라진 사진들을 저장하니
오지랖 넓은 생각과 활동으로
휴대전화는 몸살 중이다
잠시 전원을 껐다 켜야겠다

나도

달의 끝에서 길을 잃다

악어 떼처럼 몰려든 압류 청구서들을 들고
체념하듯 찾은 현금인출기 앞
어둡고 좁은 현실의 늪 속으로
궁색하기만 한 월급 통장을 밀어 넣는다
치열했던 한 달 간의 사투가
세상의 언어들로 재배열되는 시간,
이제 곧 잔고 0의 지뢰가 터질 텐데
건조한 목소리로 종료를 알리는
인출기의 화면은 표정이 없다
무참하게 물어뜯긴 월급 통장과
또다시 이월시켜야 하는 아이들과의 약속,
습기를 머금지 못하는 바람들을
영수증과 함께 버리는 월말은
건기의 초원처럼 목마르다
새로울 거 없는 달의 끝
거리는 온통 무중력 상태
비는 언제쯤 오는 것일까
연체된 꿈에 이자를 붙여 본다

제2부

아무

　아무 날도 아닌 아무 날에 아무런 생각 없이 당신을 생각한다. 첫사랑이었는지 풋사랑이었는지 희미한 기억 속의 당신이 불쑥 떠오르는 아무 날은 아무것도 아닌 기억 하나에 아무것도 할 수 없다. 아무것도 아닌 기억은 아무렇지도 않게 오래된 추억의 철로를 복원시키고 수천 일 속의 어제들을 정렬시켜 나는 아무 생각 없이 과거행 열차표를 끊는다. 십수 년 전 무방비의 마음을 태워 달리다가 경적도 없이 떠나 버린 당신에게 이미 나는 아무개일 터인데 번번이 아무렇지도 않게 기억의 자리를 내준다. 아무, 날에나

황색 점등의 시간

신호등의 변심을 탓하는 것은 아니다
어서 달려오라던 에메랄드빛 웃음도
이쯤에서 멈추라는 저 흐린 눈빛도 진심이다
긴 한숨 속에 지루한 빨간불을 견딜지
가슴에 비상등 켜고 이대로 액셀을 밟을지
때마다 오는 선택의 시간이 싫을 뿐이다

영원한 사랑이 없다는 것도 알고
시나브로 변하는 마음도 알지만
황색 점등의 순간에야 보이던
좁힐 수 없는 당신과 나의 거리
당신은 이미 교차로를 떠났고
정지선 앞에 나는 얼어 있다
뒤돌아보지 않던 당신의 뒷모습을
흐린 눈으로 바라보던 나

때마다 변하는 마음을 탓하는 것은 아니다
누구의 꼬리도 물지 못하고
교차로에서 자꾸만 발이 묶이는 내가 싫은
황색 점멸이다

썸

일없이 출출한 밤 라면을 끓인다
몇 번을 반복해도 늘지 않는 연애처럼
몇 번을 끓여도 때마다 다른 맛

200cc의 사랑을 냄비에 붓고
심장이 터질 듯한 화력으로
너의 마음이 익기를 기다린다

좀 쑤시듯 들썩이는 냄비 뚜껑
불을 끌까?
아니 좀 더,

조리의 현실은 설명서와 다르고
서투른 사랑에는 매뉴얼이 없어
오감을 열어 수시로 맛보는 간

어디서 또 놓쳤을까?
아직 설익은 한 입

높새바람*

6월의 초입이었다
너의 음성에서 더운 바람이 인 것은
오래 묻어 둔 이별을 말하려는지
긴 한숨에 뜨거워지던 수화기
곧 만나자는 건조한 목소리에
가뭄 든 얼굴로 너에게 가는 길,
화장 뜬 볼에 눈물 길을 지우고
불면으로 갈라진 입술을 깨문다
어제의 너는 동풍이었는데
사랑이라는 산이 너무 높았나
자꾸만 길을 잃고 헤매던 너
뜨거운 북동풍으로 내게 온다
영혼이 타들어 가는 만남, 이별
다시 불지 않을 동풍을 알면서도
너의 마음에 뿌리를 내린 나는
오래도록 그렇게 말라 간다

* 높새바람: 북동풍. 늦봄에서 초여름 사이 영동에서 영서로 불어 가는
  고온 건조한 바람으로 이 바람이 불면 초목이 말라 죽는다.

야상곡

까만 오선지 위에
불면의 음표를 그려 넣는다

속절없이 긴 어둠의 마디마다
되돌이표로 웃는 너

정신을 놓을 취기에도
숨이 멎을 듯한 긴 한숨에도

너를 향한 노래는 언제나
저음의 세레나데

돌아오지 않을 너를 기다리는
내 마음은 언제나 못갖춘마디

어떤 이별

오랫동안 방치했던 냉장고 문을 연다
당신이 떠난 후 무기력해진 일상과
뻔한 기다림에 지친 현실을 집어넣고
기억을 지우듯 봉인한 곳
차고 더디게 흐르는 시간 속에서도
이별은 그리움과 함께 부패 중이다
눈을 감고 꺼내 오는 기억의 퍼즐들
당신을 위해 채워졌던 식재료들과
다 비우지 못한 맥주 반병
다음을 기약하며 아껴 두었던 아이스크림
문을 연 채로 한참을 머뭇거린다
심장을 향해 쉼 없이 쏟아지는 냉기
이별이 주는 체감온도와 고통은
무방비 순간에 당신을 떠올리게 되는 것
무엇으로 이곳을 다시 채우든 간에
이별은 툰드라의 기억으로 남는다

가을바람

바람은 심장을 통과하는 급행열차,

수많은 상념들이 낡은 플랫폼에 내리고 나면

잊었던 소년 하나 열차에 몸을 싣는다

서툴렀던 사랑에 심장이 뛰고

준비되지 않은 이별 앞에 눈물을 흘렸던가

꺼내 보기 두려워 마음에 빗장을 걸었던가

오랜 시간의 바다를 건너왔던가

찬바람 불 때마다 추억의 철로가 열렸던가

부치지 못한 편지들을 빈 좌석에 싣고

심장을 가로지르며 서녘 하늘로 떠나는 바람

노곤한 그리움 가득한 긴 경적 소리,

밤이 새도록 닫히지 않는 플랫폼

중독

소주 한 병을 처방한다

보고 싶은 마음 무뎌져
눈물 없이 잠들 수 있는

아침이면 괜찮아질 거라는
급속한 쾌유를 위한
희망의 약

벌써 여러 달째 하는 알콜 처방
자고 나면 더 아파
밤마다 술병과 함께 쓰러진다

이별엔 약이 없다

가을 벤치

바람이 나를 탁본한다
노란 국화 향을 뿌려 취하게 하고
머리부터 천천히 읽어 내린다

마음의 경계를 풀고 벤치에 누워
바람 속으로 빠져드는 오수
오래전 유년의 기억으로 불어 가
소년의 귀에 속삭이던 바람이 된다

너도 가끔 내가 생각나는지
나는 종종 너의 휘파람 소리가 들려

국화 향에 취해 때늦은 고백할 즘
싱숭한 마음 모두 찍어 싣고
붉은 노을 너머로 사라지는 바람

땅거미 내린 가을 벤치 아래
해묵은 소녀의 마음만
낙엽으로 뒹군다

선인장

말라 간다

안아 주기엔 너무 따갑고
바라보기엔 한없이 황량해
창틀에 놓아두고 잊은

너의 외로움에 가시가 있어 다가갈 수가 없어 언제쯤이면
웃음꽃이 필까 태생이 사막인 너

당신의 마지막 선물이
내 안에서 말라 간다

외로움의 사막에는 그리움만 남아
갈수록 단단해지는 가시에
서로의 외로움을 알면서도
다가가 안아 주지 못하는

너와 나

억새

외로움을 잊으려 들녘으로 나간 날
고개 숙인 수천의 외로움들을 만났다
바람의 방향으로만 움직일 수 있어
바람과 한 몸이 되어 버렸지만
바람과 함께 떠날 수 없어
바람의 그림자로 남은 술래들
바람 소리에 존재의 울음을 실어
하얗게 오열하는 들녘
너에게 갈 수 없는 나도
기꺼이 하얀 술래가 된다
바람이 별을 부를 때까지

거짓말

거짓말이 나쁘다는 건 알지만
오늘도 나는
사랑한다는 너의 거짓말에
하루를 살아갈 힘을 얻어

익숙함에 웃고 있는 너의 얼굴
파도치던 심장은 고요해지고
나를 보는 너의 동공은 초점을 잃었지

너의 뻔한 거짓말과
알면서도 속아 주는 나
누가 더 비겁할까

그저 둘 다 겁쟁이일 뿐
다시 혼자가 되는 게 뭔지
너무 잘 아는

그래서 우린 오늘도 사랑해

봉숭아 꽃물

생각 없이 손톱을 자르고 나니
새끼손톱 끝에 희미한 초승달 하나 걸렸다
첫눈 올 때까지, 첫눈이 올 때까지는
귀뚜라미 한 마리 초승달에 매달려 울고

그 옛날
신념처럼 기다린 소녀의 첫눈도
설렘으로 간직한 봉숭아 꽃물도
모두 첫사랑을 지켜 내진 못했는데
또 무슨 미련이 남아서
해마다 손톱에 공을 들이는지
상처에 연고 바르듯
손톱에 들이는 붉은 기억

돌아오지 않은 첫사랑을 위해
돌아서지 않을 끝 사랑을 위해
습관처럼 기다리는 이른 첫눈

손톱깎이

똑, 똑, 나지막한 분절음 뒤
덥석 짧아진 손톱을 좋아하던 너
세상 모든 일에서 그것만은 내 것
그때만은 너는 내 사람

세월에 패어 닳아진 손톱도
일상에 묻혀 자라난 손톱도
낮은 분절음 속에 내 것이 됐다
사랑은 복잡한 줄 알았는데
우연히도 익숙한 일상 속에 있었다

그러나 이미 깨어져 있던 너의 네 번째 손톱
자를 수 없기에 나는 집착을 쌓았고
사랑하기에 잘라야만 했다

손톱은 살이 파일 때까지 짧아지고
그것이 또 다른 상처로 남을 때
지나온 시간만큼이나 우린 멀리 와 있었다

이젠 짧아진 손톱이 너무 아픈 너

똑, 똑, 익숙한 분절음 속에
너의 네 번째 손톱을 떠나보낸다

불면

당신이 떠나고 홀로 남은 밤
까만 이불을 덮고 누워
야말반도*행 야간열차를 기다린다
오직 한 사람만을 공전해야 하는
당신을 향해 기울어진 쓸쓸한 태생
그 운명의 궤도를 벗어나고자
매일 밤, 툰드라의 하얀 밤을 꿈꾼다
낮과 밤의 경계가 사라지면
사랑과 이별의 경계도 사라질까
어둠 속에서 끝없이 되살아나는
그리움의 올무를 벗어던지고
세상의 끝에서 자유롭기를 바라지만
야말반도행 야간열차는
미련 많은 나를 비껴갈 뿐
홀로 뒤척이는 플랫폼엔
까만 어둠과 나뿐이다

* 야말반도: 시베리아 야말로네네츠 구에 있는 반도, 네네츠어로 '세상
  의 끝'의 뜻.

내가 양파여서

그래요, 못생겼어요
타원이라 자주 삶의 균형을 잃고
대책 없이 구르다가 혼자 상처받아요

껍질은 어디서부터가 시작인지
성질 급한 사람들은 칼부터 들이대죠
그러면 아파서 터지는 눈물

누군가는 따갑다 방방 뛰고
누군가는 매운 건 싫다며 거리를 두죠
까도 까도 속을 알 수 없다고
도마 위에서 대충 난도질도 당하는데
달달한 진심이 우러나올 때까지
따뜻하게 품어 주는 이는 없네요

예쁘지도 않고 속은 더 알 수 없어서
까면 깔수록 맵기만 한 나여서
속이야 썩든 말든
어둡고 외로운 베란다 구석에
혼자 짱박아 두네요

제3부

숙주

언니의 월급날은
각자의 희망으로 설레는 날

쌀 반 가마니가 함처럼 들어오고
가계부에 숫자들이 되살아나는

석 달 밀린 오빠의 등록금
잔병 깊은 아버지의 약값

나는 안경을 사 달라 조르고
더 이상 나눌 수 없는 조각이 되었을 때
언니는 빈 봉투를 안고 일찍 잠이 들었다

아무도 언니의 꿈을 묻지 않았던
그때, 나는
티 없이 하얀 쌀밥과
안경 너머로 보이는 환한 세상이
마냥 좋았다

이력서

양말을 뒤집어 벗는데
각질이 싸라기눈처럼 떨어진다
소나무 껍질이 된 발뒤꿈치 때문이다

폭풍의 바다를 건너오는 동안
체력은 증발되고 소금기만 남았나 보다

단맛은 없고 짠맛만 가득한
긁어내도 다시 생기는 이 각질들은
걸어온 길을 빠짐없이 기억하느라

털어 내도
털어 내도
끝없다

인연

남편은 잠이 많다
뒤통수 닿는 곳이면
시간, 장소 가리지 않고 한밤중이 된다

리모컨을 손에 든 채 밤새 화석이 되고
전쟁 같은 아침에도 끄떡없이 잔다

나이가 들면 잠이 줄어든다는데
백발이 무색하게 매일이 병든 닭이다

그런 남편이 내가 가위에 눌리면
귀신같이 알고 나를 깨운다

잽싸게 깨우고 다시 잔다
자기가 생명의 은인이라며 잠꼬대도 한다

나도 또 잔다

저승

아버지와 오빠는 벌써 갔다

엄마는 너무 늦게 가면
아버지가 못 알아보신다고
소주 한 잔에도 눈물 바가지 하시다가
큰오빠 이어 보내고 눈물이 마르셨다

이승도 저승도 다 산 사람들의 이야기
누구나 가야 하는데 갔다 온 사람은 없고
그저 못다 한 인연에 대한 그리움일 뿐
엄니나 이승에서 잘 살다 가시라고
저승 타령 소용없다 목소리 높이다가

얼굴 한 번 못 보고 보낸 아기 생각에
저승이 있어야 죽어 만날 텐데
나도 모르게 저승을 그리고 있다

기제忌祭

프라이팬에 몸을 누인 너 표정이 없다 어쩌다 삶을 잃었는지 명한 눈으로 허공만 바라봐 살이 익는지 타는지도 모른 채 뒤집힐 때만을 기다린다

언니도 생의 마지막 한 달을 꼭 저 생선처럼 누워 있었다 뇌는 죽고 심장만 살아 산소호흡기에 생을 맡겼던 시간 바늘이 온몸을 퍼렇게 쑤셔 대도 동공 풀린 눈은 움직임이 없고 때마다 뒤집개로 뒤집듯 몸을 돌려 줘야 했다

치열했던 바다의 기억을 녹이며 조용히 타들어 가는 생선 조심스레 뒤집어 상에 올린다 허망한 삶끼리 마주한 제상, 이제는 좀 편안한가요?

향대의 연기가 자꾸만 흔들린다

번지점프

신축 주상복합 아파트 난간
낡은 밧줄에 허리를 맨 그가
구름 계단에 앉아 유리창을 닦는다

익숙한 듯 생의 균형을 잡고
바람이 불 때마다 진자 운동을 하는 사내
때 묻은 시간을 지워 나간다

유리창 너머에는 닿을 수 없는 세상
닦을수록 투명해지는 현실 앞에서
벗어 버리고 싶은 가장의 굴레
가늠할 수 없는 무게를 달고도
그의 몸은 지상에 닿을 수 없다

매일 아침 삶을 공중에 걸어 놓고
자식들만은 땅에 발붙이고 살기를
성인식을 치르듯 간절한 소망
바람이 쉼 없이 줄을 흔든다

불법체류자

출입국관리 사무소 창문 밖에
국적 불명 모기 한 마리 죽어 있다
종일토록 울던 목소리를 기억하는
어둠과 바람만이 문상을 왔다
그저 배고픔을 벗어나기 위해
힘없는 날개, 실낱같은 다리로
지구의 반 바퀴를 돌아왔건만
먼저 온 자들과 떠나야 할 자들의 아우성이
살기로 흐르는 출입국관리 사무소
잘려 나간 손가락은 잊고
병든 부모님과 아이들은
구멍 난 주머니에 담아 두고
머물러 있는 것만을 원했을 때도
사무소의 이중창에는 공기 한 톨 흘러들지 않았다
통통한 살들과 펄떡이는 혈관들은
가진 자들의 몫이었을 뿐
고향으로 돌아갈 기억마저 체포당한 채
국적 불명의 모기 한 마리
박제된 눈물을 흘리고 있다

조용한 잠

차가운 메스가 아랫배를 열자
아기가 조용히 잠들어 있다
숨을 쉬지 않는 아기, 울음이 없다

탯줄을 타고 전해진 세상이
깨어나기 싫을 만큼 무서웠을까

다리가 붓도록 야근하는 동안 발길질은 느려지고
새벽밥 지으며 부지런 떨던 시간 속에서
조용히 멈춰 버린 심장박동

열 달의 짧은 생은 붉은 핏속에 묻히고
상실은 가슴을 통해 몸살한다

한 번만이라도 나를 봐 줄 법한데
너무도 편안히 잠든 아기는
울음이 없다

만성피로

주말, 날씨가 좋다

장마철에 눅눅해진 이불을 널고

건기가 한창인 장미 화분에 물도 줘야지

아침밥은 신혼 때처럼 밥과 국으로

아이들 책가방에 구겨진 안내문도 정리해 주고

날파리 모임 하는 쓰레기도 버리고

저녁에는 당신과 영화도 한 편 보자

아니, 내일 하자

종단 여행

휴대전화에서 터치를 기다리는
일렬종대의 당신들
외로움을 잊으려 시간을 구걸한다

거절받지 않으려면 신중해야 해 전화를 걸지 문자를 보낼
지 마침표 하나에도 행간에 절실함을 넣어서

'ㄱ'에서 'ㅎ'까지 당신들의 이름과 인사하지만
지구를 몇 바퀴 돌아도
정착하지 못하는 손가락
터치 이후 수신될 거절이 두려워
눈으로만 당신의 이름들과 만나는

외로운 종단 여행

창고

가슴속에 낡은 창고 하나 있다

떠난 사람은 어떻게 잊어야 하는지
먼지 쌓인 감정은 어디에 버려야 하는지
정리하는 법을 몰랐던 시절
아픈 기억은 모두 집어넣고 닫은
유통기한 지난 감정들의 도피처

시간과 먼지가 더해져도
추억이 되지 않는 기억들은
썩지 않는 쓰레기가 되어
마음은 주제 없이 복잡하기만 한데
쉽게 정리되지 않는 창고 덕에
나는 또 다가오는 당신과 멀어지고
창고의 크기만 키우며 홀로 외롭다

그냥 통째로 내다 버리면 될 것을

장마

곰팡이들은 습기를 좋아하지
나는 오래된 습기에 익숙해
항상 음습한 그 무엇이 내 안에서 꿈틀거려
꾸역, 구토가 올라와 정신을 차려 보면
방 안을 가득 채운 물비린내,
벌써 곰팡이들의 습격이 시작되었어

햇볕은 반지하방까지 내려오지 않을 텐데
누가 나를 곰팡이의 방에서 꺼내 줄까?

천둥은 꿈 깨라고 소리 지르고
빗방울은 창문 틈새를 비집으며 비웃네
벌레들은 난민촌을 만들며 내게 속삭여
이제 곧 무기력 요괴가 찾아올 테니
곰팡이들이 그려 대는 아트 쇼나 감상하면서
익숙한 습도의 세상을 유영하자 하네

자유곡류천

불혹의 생일에 영혼의 강을 돌아본다
지구의 절반을 굽어 흘러
생의 중류에서 자유 곡류 하는 하천
시간의 낚싯대를 드리우고 유년의 생채기를 낚는다

히말라야에서 발원한 깊고 검은 물
끝이 보이지 않았던 계곡 사이를
굵은 자갈들과 함께 흐른 유년
아비의 가난은 강기슭마다 그물을 치고 희망을 걸러 냈지만
선상지를 찾아 끝없이 흐른 지금
제법 둥글어진 알갱이들과 함께
적도의 어디쯤에서 범람하고 있다

그러나 잠시도 머무를 수 없는 강
세월과 함께 바다로 흘러야 한다
지구의 끝, 생의 하류에 다다르면
입자 고운 삼각주 하나 펼치고
잔잔한 조류의 품속으로 스며들 수 있을까

상념들만 가득한 불혹의 어느 날
바다를 향하는 중년의 강이 출렁인다

겁쟁이

가끔은 도망쳐도 돼
매 순간 전투적일 수는 없잖아

패배자가 되어 마주하는 현실이
대책 없이 깨지는 것보다
더 빠른 답을 주기도 해

겁쟁이라고 해도 괜찮아
어차피 사는 매 순간이 겁나니까
그래서 상처입은 순간이 오면
나는 종종 외로움 속으로 도망쳐

바닥까지 외롭고 나면
다시 사람이 그립고
세상으로 돌아갈 마음이 생기고

겁쟁이가 되는 것도 용기가 필요해

감자는 산통 중

저녁 시장 떨이의 가격은 파이고 썩은 상처
퍼렇게 멍든 몸 의지할 곳 없어
검정 비닐에 묶여 팔려 온 지 사흘
냉장고 야채실은 차라리 안락하다

생을 향한 숨결이
밀폐된 비닐 벽을 적시고
파인 몸뚱이 무른 자궁마다
어린싹들이 머리를 내민다
빙점의 추위가 생살을 파고들어도
온통 푸른 비닐 속

생의 무게는 겨울을 이기고
보이지 않는 봄을 향한다

제4부

가을 바이러스

닭발 같은 낙엽

바람에 몸을 맡긴다

차이고 가루가 되는 순간

포맷되는 기억

가볍고 짧았던 삶

붉은빛으로 죽는다

흡혈

초가을 모기가 더 독하다고
애초에 전쟁 준비는 마쳤다
모기장으로 트로이 성벽 둘러치고
모기향 스멀스멀 화학전까지
이만하면 됐다 싶어 잠을 청하려는데
어라, 어둠을 찢는 단조의 울음
피 한 모금 달라는 절규는
손바닥 안에서 화석이 되었다

오직 종족 번식을 위한 흡혈인데
내가 너무 인색했나
욕심껏 어미의 등에 붙어
고운 청춘 다 빨아먹고
영혼 깊이 흔들어 유년의 갈증을 채우고
평생 어미의 생을 흡혈한 나는
어떤 사선도 넘은 적이 없는데

모기장을 뚫은 모기의 일침에
밤새 생이 따끔거린다

사산死産하는 봄

씨앗을 품고 젖몸살하던 겨울 막바지
앞마당이 비 듣는 소리에 산통을 시작한다
맨틀 속 유선乳腺까지 봄이 스몄는지
말랐던 뿌리가 물을 뽑아 올리고
성질 급한 목련은 벌써 하얗게 웃는다
가슴에 하얀 꽃잎 떨어지는데
너를 보낸 겨울에서 멈춰 버린 시간,
어디서든 자유 곡류 하는 봄
사람들의 마음마다 희망을 심고
언제나 오차 없이 찾아드는 봄
올해도 앞마당은 다산多産 중인데
너를 품었던 열 달, 짧은 인연에
엄마는 온몸으로 젖몸살을 앓는다
네가 잠든 그 땅에도
계절의 전령이 찾아드는지
툭, 나이테가 사라진 봄이
목련처럼 무심히 진다

제비들의 일기

제비들이 지붕 아래 집을 짓는다
버려진 것들로 일기를 쓰듯이

지지배배 나뭇잎에 사랑
지지배배 지푸라기에 가족
지지배배 진흙 덩이에 행복

허락 없이 들어와 공짜로 새 들더니
찬바람 부는 아침 빈집만 남기고 떠났다

어디서든지 잘 살면 그만인데
괜히 그립고 서운한 마음

다 커 버린 아이들 방을 바라보며
지지배배 마음에 쓰는 일기, 안녕

휴대전화

아무 일도 없는 주말 오후
부쩍 조용해진 휴대전화를 본다
저도 늙었는지 말이 없다
한때는 쉬지 않고 조잘대며
지구 반대편의 이야기도 전하더니
친구들 다 시집, 장가가고
아이들 커 가는 등쌀에 서로를 잊고 살 즈음
군살 없는 소식들만 전했더랬다
가끔은 그리워 건네는 인사도
걱정스러운 물음이 반가움을 앞서고
예고 없는 부고에 심장이 철렁
차라리 녀석이 말 없을 때가 고맙다
아이들 커 버려 부모 간섭 성가셔 하고
그리운 이들 아쉬운 소식 전해 올 때
서로 마음 전할 방법 없어 마음 졸이던
그 옛날 아날로그적인 그리움이
조용한 주말 오후
당신의 추억 속으로 전화를 건다

나이테

어머니가 마른 장작을 추리신다
혹독한 겨울을 견디고서야 나이를 먹는 나무
톱질된 단면마다 치열했던 삶이 촘촘하다
이제 온몸을 불살라 생을 마감할 시간

팔십 평생 어머니는 온몸에 나이테를 새기셨다
검버섯 가득한 얼굴부터 옹이로 굳어진 복사뼈까지
굵고 선명하게 새긴 삶의 이력

마른 장작처럼 퀭한 어머니가
온몸으로 불을 지피신다

당신의 봄

당신의 봄을 들여다봅니다
서릿발 내린 새벽 들판에서
광주리 가득 봄나물을 캐어 오시던 당신
냉이는 새 학기 연필이 되고
쑥은 하얀 운동화가 되었지요
가난했던 유년을 채워 주시느라
고무 슬리퍼 안에 움츠려 있던 당신의 발은
따뜻한 봄을 걸어 본 적이 없습니다
쑥물 든 당신의 손은
부드러운 봄을 만져 본 적이 없습니다
목련 한번 한가로이 보지 못하고
앞만 보고 걸었던 당신의 얼굴
저승꽃 내린 겨울입니다
계절이 어떻게 오가는지도 모른 채
한평생 온몸으로 봄을 만드신
당신의 생을 들여다봅니다

빨래 건조대

베란다 구석에 몸을 누인 그녀,
스스로 일어설 수 없는 시간이 왔다
버려진 폐품처럼 온몸의 뼈가 탈구되어
저승길, 동사무소 딱지도 없이
클린 하우스로 운구運柩 되는 지금
맨땅에 스치는 그녀의 꺾인 무릎이 시리다
어디서부터 어긋났을까
해거리하듯 이사를 다니는 동안에도
분신처럼 엄마의 시간을 지탱해 주던 그녀,
공사판에서 낡아 가는 아버지의 옷과
투정 가득한 아이들의 옷들을 받아 말리며
맨몸으로 밤을 지새우던 날들 속에
조용히 몸을 부식시키던 세월의 붉은 암세포들
가녀린 뼈들을 힘없이 내려앉힌다
늦은 밤, 고된 시신을 땅에 끌며 클린 하우스로 떠나가는
그녀, 의 마지막 목소리를 들었던가
유통기한에 다다른 엄마의 굽은 잠이
오래도록 뒤척인다

요실금

골동품으로 낡아 가는 친정집 수도꼭지
겨울 찬바람에 요실금을 앓는다
30년 물때가 입구를 막는 동안
세월에 닳아 헐거워진 구멍
밤이 늦도록 찔끔거린다

물 새듯 빠져나간 자식들에
먼저 떠난 아버지의 빈자리에
주인 따라 노쇠해진 건지
희미해져 가는 기억들을 흘리며
정신 줄을 놓고 터지기 직전이다

더 늦기 전에 새것으로 교체하려는데
이미 골동품이 되어 버린
보수되지 않는 노모의 낡은 패킹
헐거워진 수도꼭지와 함께
밤이 새도록 이부자리를 적신다

아버지의 밤

아버지의 밤에 날이 서 있다
빈 술병들을 시체처럼 쓰러뜨리고
각인된 기억들을 모두 토해 놓는다
모질었던 여정이 노래 한 자락에 스미면
빈 술잔 가득 흘러넘치는 베트남
냉전보다 서늘한 넋두리를 채우고 또 마신다
반공이 전부였던 시절에도
아버지의 이념은 가족들의 생계
유서를 쓰고 떠났던 외화 앵벌이는
다이옥신 중독이 되어 돌아왔고
사지 멀쩡한 아버지에게
달마다 세금 고지서는 총알처럼 날아왔다
가끔씩 꿈속에 포탄이 떨어져
지옥의 개처럼 잠들지 못했지만
진단서로 증명할 수 있어야 진짜 고통인걸
빈 술병이 되어 쓰러진 아버지의 등골 위로
검버섯 가득한 죽음이 내렸다
마지막 양분까지 빨아먹히고서야
저승문 앞에서 얻은 이름, 국가유공자
아버지의 무덤은 여전히 서늘하다

만월

칠흑 같은 어둠에서 시작했다
새살이 돋는 것은
살을 깎는 것보다 더 아픈 일
태초의 외로움과 마주해야 하기에

사람들은 네온사인 불빛 속에서 나를 잊고
별들도 어둠에 밀려 숨으면
하늘의 신전에 홀로 술래인 밤마다
외로움의 고통 끝에 새살이 오른다

구름은 끊임없이 존재를 위협하고
달무리는 통째로 삶을 흐려 놓지만
어느 하루 쉴 수 없는 날들

성실한 가장처럼
꾸역꾸역 시간을 채우다 보면
언젠가 빈틈없이 둥글어질 그날

액션 스타

피곤한 몸으로 돌아가는 집은 위험하다

곳곳에 숨어 나를 노리는 복병들

목소리에 총알 장전한다

지뢰처럼 밟히는 장난감에 한 발

그 틈에 퍼질러진 사내에게도 한 발

관객 없이 혼자 떠드는 텔레비전에도 한 발

말라 비틀어진 설거지 산에도 한 발

집에만 오면 빠르게 걸어가는 벽시계에도 한 발

피의 대가로 유리되는 평화

마지막 한 발은

어제의 다짐을 잊고 잔소리하는

내 입에 한 발

자로 잰 시간

학교는 아직 끝나지 않았는데
교문을 막아선 학원 버스들
쫓기듯 여기저기서 경적을 울려 대면
우리들은 종소리와 함께 달려야 해요

가방 안에는 교과서보다 많은 문제지들
핸드폰은 수시로 위치를 물어보고
운동장에 한눈을 팔다 학원 버스를 놓치면
저녁 먹을 시간이 줄어들어요

온몸이 반짝거리는 수다쟁이 아줌마,
옆집 아줌마가 문제예요
종잇장 같은 엄마의 귀에 바람을 넣으면
어제보다 더 빨리 달려야 하는 오늘,

시간을 팽팽하게 당겨 눈금을 그어 보아요
어디에도 빈틈은 없네요
자로 잰 듯한 하루가 부러진다면
부러진 시간의 단면에서 밀린 숙제를 할 거예요
아홉 살,
나는 아직 쉬는 법을 배우지 못했어요

블라인드 스팟

도시에서 선인장처럼 살던 우리는
변두리 술집에서 쉽게 친구가 됐다
마음에 가시 하나 돋을 때마다
건조한 세상을 안주 삼아
밤새 술잔을 부딪쳤다
취기 위에 그린 꿈이 새벽으로 사라지면
내 가시가 더 크고 아프다
내 세상이 더 건조하다.
서로의 상처에 기댄 20년
그래서 보지 못했다
오래전부터 흔들렸던 너의 눈빛
거울을 보는 만남이 싫어
사막의 기억을 지우고 싶어
내일은 나를 떠나리라 다짐했던
너의 마음

가을, 낙엽 그리고 방하착放下着의 시

변종태(시인, 『다층』 편집 주간)

*

기승을 부리던 여름의 무더위도 입추 처서가 지나면서 아침저녁으로 서늘한 바람이 불기 시작한다. 바야흐로 녹음방초승화시綠陰芳草勝花時라던 여름의 초록은 서서히 빛이 바래고 단풍이 들기 시작한다. 한 해 동안 부지런히 광합성을 하여 뿌리와 줄기에 양분을 공급하던 잎들은 이제 제 사명을 다하고 떨어져 내리기 시작한다.

사람이 살아가는 것도 비슷할까. 어린 시절, 젊은 시절에 겪게 되는 불안과 고민과 번뇌의 이파리들이 나이가 듦에 따라 서서히 단풍이 들고 한 잎씩 떨어져 내릴 즈음이면 가장 아름다운 모습으로 성숙해 가는 자신을 발견하곤 한다. 그도 그럴 것이 김수영 시인의 말처럼 "나는 왜 작고 사소한 것에만 분노하는가"(『어느 날 고궁을 나오면서』)라며 사소하고 작은 것들에 분노하던 과거를 순순히 내려놓으면서 우리는 서서히 여물어 가게 되는 것일까.

이런 생각을 하면서 백명희 시인의 시집 『달의 끝에서 길을 잃다』 원고를 읽는 동안 입 안에서 '방하착放下着'이라는 말이 계속해서 굴러다닌다. 이 말은 주로 불교에서 화두로 쓰이는데, '집착을 내려놓아라, 마음을 편하게 가지라'는 의미를 지니고 있다. 번뇌와 갈등, 스트레스, 원망, 욕심 들을 모두 내려놓으라는 뜻이다.

중국 당나라의 탁발승 엄양존자가 선승禪僧 조주선사를 만난 자리에서 가르침을 청하면서 "물건 하나도 가져오지 않았을 때는 어찌합니까" 물으니, 선사는 "방하착放下着하라"고 했다. 이에 엄양은 "한 가지도 갖고 오지 않았는데 무엇을 방하하라는 말씀이신지요?" 하고는 몸에 지닌 염주와 지팡이를 내려놓고 선사의 눈치를 살피니 선사는 "착득거着得去하시게"라고 말했다고 한다. 착득거는 지고 가라는 의미다. 이 말은 아무것도 없다는 생각 그 자체도 내려놓으라는 것이다.

우리가 겪고 있는 대부분 문제가 내려놓지 못함에서 비롯되는 경우가 많다. 놓지 못하기 때문에 해법이 보이지 않는다. 자신의 살아온 삶을 반추하는 것은 지나간 시간을 돌아다보는 일과 같다. 이는 시를 쓰는 사람이든 아니든 마찬가지다. 다만 시인은 언어를 통해 자신의 삶을 그리고, 그것을 바탕으로 삶의 과정을 돌아보는 동시에 독자와의 정서적 교감을 통해 자신의 삶을 객관화한다.

　백명희 시집의 시편마다 눈에 띄는 것은 삶의 경험이다. 하지만 그의 경험들은 즐겁고 유쾌하기보다는 어둡고 쓸쓸했던 일들이 대부분이다. 다시 말하면 그의 시는 기쁨과 즐거움보다는 대체로 쓸쓸함과 비애의 정서를 짙게 깔고 있다. 지나간 시간들을 가난과 어둠의 기억으로 소환하듯, 치유되지 않은 통증이 묻어 있는 기억으로 과거를 되새기고 있다.

　하지만 이러한 기억들을 통증으로 남기지 않으려는 시인의 의지를 읽을 수 있다. 주지하다시피 시의 기본적인 시제는 '현재'이다. 과거에 경험했던 일이나 사건들에 대한 현재의 '느낌'을 표현하는 것이다. 이렇게 본다면 백명희 시인의 시편들에 소환된 과거의 기억들은 시인의 마음에서 정서적인 소화 과정을 거친 일들이라 할 수 있겠다. 그렇지 않고 '날것' 상태의 기억이라면, 그것을 드러내는 자체가 통증이고, 고통의 원인일 수 있기 때문이다. 아물지 않은 상처에 손을 대는 것과 같다고 할까.

　　저녁 시장 떨이의 가격은 파이고 썩은 상처
　　퍼렇게 멍든 몸 의지할 곳 없어
　　검정 비닐에 묶여 팔려 온 지 사흘
　　냉장고 야채실은 차라리 안락하다

　　생을 향한 숨결이

밀폐된 비닐 벽을 적시고
파인 몸뚱이 무른 자궁마다
어린싹들이 머리를 내민다
빙점의 추위가 생살을 파고들어도
온통 푸른 비닐 속

생의 무게는 겨울을 이기고
보이지 않는 봄을 향한다

                        —「감자는 산통 중」 전문

   하지만 자신의 통증을 털어놓는 것만으로도 치유는 시작된다. 누군가에게 자신의 상태를 고백함으로써 통증에서 거리를 두게 되기 때문이다. 보통 사람도 글쓰기를 통해 부정적인 감정을 배출하고 스트레스를 해소함으로써 건강이 좋아진다고 한다. 이것이 글쓰기의 힘이라고 할 수 있다. 이러한 측면에서 보면 시인은 자신의 기억에서 고통을 제거하는 작업을 하고 있다.

   이처럼 백명희 시인의 시는 평범하고 사소한 일상의 체험에서 명상적 깨침을 통해 삶의 내일을 꿈꾸고 있다. 고통과 번민의 시간을 시집 한 페이지마다 내려놓는 방하착放下著의 실천으로 이번 시집을 꾸리고 있다. 뿐만 아니라 '내려놓음'으로써 자신의 과거에 미래지향적인 화해의 제스처를 보낸다. 물론 고단했던 과거의 기억이 때로 시인의 걸음을 붙잡기도 하지만 말이다.

삼칠일이 지나도 엄마는 오지 못했다

기대가 기울 때쯤 걸려 오던 전화

아버지 잔병에 발이 묶인 푸념부터

삼복더위에 해산이냐는 짧은 안부

물과 바람을 피하라는 금기까지 듣노라면

나는 율법을 어긴 소녀처럼 덜컥

주어진 현실 앞에 숨이 막혔다

갓난쟁이는 낮밤으로 칭얼대고

혼자 끓이는 미역국은 돌아서면 상하는데

물과 바람 없이는 열대야의 밤을 버틸 수 없고

금기를 깬들 신은 관심 없다고

끊어진 전화기에 눈물을 타전하던 그해 여름

어느 심심한 신이 지나다

뼛속까지 겨울을 심어 놓았는지

한여름에도 발이 시리다

온몸에 겨울을 품고 산다

―「산후풍」 전문

'산후풍'이란 민간에서 '여성이 출산 후 몸조리를 잘못하여
얻은 병'을 광범위하게 이르던 말인데, 손가락, 손목, 발목
등 관절이 아프고 바람이 들어오는 듯 시리거나, 저리거나 붓
는 증세 등을 말한다. 산후풍을 방치하면 만성 통증으로 이행
되어 두고두고 고생하기도 한다. 아버지의 병시중을 하느라
친정 엄마는 산후 몸조리를 도와주지 못한다. 그래서 "한여
름에도 발이 시리"고 "온몸에 겨울을 품고 산다". 그것이 여

성이 지니게 되는 숙명적인 일일지도 모르지만, 이제는 그만 그것에서 벗어나고 싶은 간절한 소망도 가져 본다.

> 씨앗을 품고 젖몸살하던 겨울 막바지
> 앞마당이 비 듣는 소리에 산통을 시작한다
> 맨틀 속 유선乳腺까지 봄이 스몄는지
> 말랐던 뿌리가 물을 뽑아 올리고
> 성질 급한 목련은 벌써 하얗게 웃는다
> 가슴에 하얀 꽃잎 떨어지는데
> 너를 보낸 겨울에서 멈춰 버린 시간,
> 어디서든 자유 곡류 하는 봄
> 사람들의 마음마다 희망을 심고
> 언제나 오차 없이 찾아드는 봄
> 올해도 앞마당은 다산多産 중인데
> 너를 품었던 열 달, 짧은 인연에
> 엄마는 온몸으로 젖몸살을 앓는다
> 네가 잠든 그 땅에도
> 계절의 전령이 찾아드는지
> 툭, 나이테가 사라진 봄이
> 목련처럼 무심히 진다
>
> ―「사산死産하는 봄」 전문

춘래불사춘春來不似春이라는 말도 있다. 봄이 왔지만 아직 봄이 오지 않았다는 의미이다. 봄이 오리라 기대했지만, 끝 내 찾아오지 않은 봄처럼 아이는 "네가 잠든 그 땅"으로 돌아가 버리고 엄마에게는 '젖몸살'만 남겨 준다. 앞마당에 찾아온 봄은 "다산多産 중인데" 그 봄의 끝자락에 "목련처럼" 저 버린 아이와의 "짧은 인연"으로 끝나 버린 통증은 여전히 진행 중일지도 모른다.

그러기에 또 다른 시에서 같은 통증을 소환한다. "차가운 메스가 아랫배를 열자/ 아기가 조용히 잠들어 있다/ 숨을 쉬지 않는 아기, 울음이 없다// …(중략)…// 한 번만이라도 나를 봐 줄 법한데/ 너무도 편안히 잠든 아기는/ 울음이 없다"(「조용한 잠」)는 기억 속 산모가 어떤 심정이었을지는 감히 상상도 하지 못할 일이다. 하지만 이제는 그 아이를 보내줄 준비가 되어 있는 것인지도 모르겠다.

*

이처럼 백명희 시인의 시는 뚜렷한 흐름을 보인다. 그의 시는 일상의 소재에서 그 화제를 찾고 그만의 방식으로 숙연한 되뇜을 통해 자신의 삶을 성찰하는 태도를 보인다. 이러한 관점에서 볼 때, 그의 시에 등장하는 일상은 다양하다.

제비들이 지붕 아래 집을 짓는다
버려진 것들로 일기를 쓰듯이

지지배배 나뭇잎에 사랑

지지배배 지푸라기에 가족
지지배배 진흙 덩이에 행복

허락 없이 들어와 공짜로 새 들더니
찬바람 부는 아침 빈집만 남기고 떠났다

어디서든지 잘 살면 그만인데
괜히 그립고 서운한 마음

다 커 버린 아이들 방을 바라보며
지지배배 마음에 쓰는 일기, 안녕
　　　　　　　　　　　　　—「제비들의 일기」 전문

　이 시에서도 화자는 처마 밑에 집을 짓고 새끼를 치는 제비
들을 오랜 시간 관찰한다. 흙을 물어다가 집을 짓고 알을 낳
고 부화시킨 뒤 먹이를 물어다가 열심히 기르고 나면, 장성
한 새끼들은 어느 날 소리 소문 없이 둥지를 떠나가 버린다.
시인은 빈 제비집을 보면서 어느덧 자라 버린 아이들과의 관
계를 생각한다. 엄마에게 치붙어 칭얼거리던 아이들이 어느
순간 방문을 닫고 들앉아 자기들의 삶을 살아가기 시작한다.
그러한 모습을 보면서, 시인은 빈 제비집과 독립할 준비를 하
는 아이들의 모습을 오버랩시키고 있다. 처마 밑에 집을 짓
고 살던 제비 가족을 일상으로 끌고 와서, 삶은 떠남을 준비
하는 것이란 생각을 드러내고 있다.
　그럼에도 불구하고 백명희 시인은 과거의 기억에만 머물러

있지는 않다. 물론 시의 기본적인 시제는 '현재'라는 시작詩作의 원리를 생각할 때, 과거 기억이나 경험에 관한 오늘, 이 순간의 느낌을 시적으로 형상화하는 것이다. 그러기에 자신의 생활과 일상에만 머무르지 않고, 가족과 사랑, 부모에 대한 애잔함을 시적으로 형상화한 일련의 작업을 들여다볼 수 있다. 단칸방의 기억(「겨울, 달팽이 집을 그리다」), 주말 대청소(「권태 청소하기」), 빨래하기(「빨래 너는 밤」), 냉장고 정리하기(「어떤 이별」) 등의 시적 소재들은 이 시집의 전편에 고루 깔려 있다.

*

백명희 시인은 이 밖에도 가까이 있는 사람과 사물에 관한 관심을 바탕으로 '사랑, 가족, 부모'라는 화두가 시의 전면에 드러나 있다. 이러한 것은 이 시집이 시인의 첫 시집이라는 점에서 의미를 찾을 수 있을 듯하다. 글쓰기(시 쓰기)의 시작은 먼저 자신의 내부에서 토해 내야 할 것을 드러내는 것이기 때문이다. 그리고 나서야 시인의 외부로 시선을 돌리고, 자신의 시작詩作 작업을 객관으로 돌릴 수 있기 때문이기도 하다.

아무 날도 아닌 아무 날에 아무런 생각 없이 당신을 생각한다. 첫사랑이었는지 풋사랑이었는지 희미한 기억 속의 당신이 불쑥 떠오르는 아무 날은 아무것도 아닌 기억 하나에 아무것도 할 수 없다. 아무것도 아닌 기억은 아무렇지도 않게 오래

된 추억의 철로를 복원시키고 수천 일 속의 어제들을 정렬시
켜 나는 아무 생각 없이 과거행 열차표를 끊는다. 십수 년 전
무방비의 마음을 태워 달리다가 경적도 없이 떠나 버린 당신
에게 이미 나는 아무개일 터인데 번번이 아무렇지도 않게 기
억의 자리를 내준다. 아무, 날에나

—「아무」 전문

언젠가 한번 스치고 지나간 사랑이라는 감정은 언제나 아
련하게 마음 밑바닥을 흐른다. 아니 그것이 사랑이었는지도
확실하지 않은, 지난날의 '아무'를 향한 불특정의 감정을 '사
랑'이라고 한다면 그것은 지나간 어슴푸레한 감정의 잔상에
불과할지도 모른다. 그런데도 문득 자신을 아련한 과거로 끌
고 간다. 이러한 시인의 생각은 다음의 시편들에서도 찾아
볼 수 있다.

　　황색 점등의 순간에야 보이던
　　좁힐 수 없는 당신과 나의 거리
　　당신은 이미 교차로를 떠났고
　　정지선 앞에 나는 얼어 있다
　　뒤돌아보지 않던 당신의 뒷모습을
　　흐린 눈으로 바라보던 나

　　　　　　　　　—「황색 점등의 시간」 부분

　　200cc의 사랑을 냄비에 붓고

심장이 터질 듯한 화력으로
너의 마음이 익기를 기다린다

—「썸」부분

바람은 심장을 통과하는 급행열차,

수많은 상념들이 낡은 플랫폼에 내리고 나면

잊었던 소년 하나 열차에 몸을 싣는다

서툴렀던 사랑에 심장이 뛰고

준비되지 않은 이별 앞에 눈물을 흘렸던가

—「가을바람」부분

그 옛날
신념처럼 기다린 소녀의 첫눈도
설렘으로 간직한 봉숭아 꽃물도
모두 첫사랑을 지켜 내진 못했는데
또 무슨 미련이 남아서
해마다 손톱에 공을 들이는지
상처에 연고 바르듯
손톱에 들이는 붉은 기억

—「봉숭아 꽃물」부분

"당신은 이미 교차로를 떠났고/ 정지선 앞에 나는 얼어 있"(『황색 점등의 시간』)을 수밖에 없던 옛날의 감정들은 "심장이 터질듯한 화력으로/ 너의 마음이 익기를 기다"(『썸』)리기도 하지만 "준비되지 않은 이별 앞에 눈물을 흘"(『가을바람』)릴 수밖에 없었던 과거를 소환한다. 그래서 손톱에 "봉숭아 꽃물"을 들여 '첫사랑'을 지켜내고 싶은 간절함으로 '첫눈'이 내리기를 바랐지만, 해마다 꽃물은 첫눈을 기다리지 못하고 스러지고 만다. 그럼에도 불구하고 "해마다 손톱에 공을 들이는지/ 상처에 연고 바르듯/ 손톱에 들이는"(『봉숭아 꽃물』) 연례행사를 치르는 것은 아직도 버리지 못한 첫사랑의 감정을 놓고 싶지 않은 까닭이 아닐까 싶다.

*

시인의 삶에서 가족은 놓을 수 없는 또 하나의 삶이다. 그런데 전통적인 가족의 개념에 요즈음은 많은 변화가 있는 것도 사실이다. '피는 물보다 진하다'는 말로 가족의 유대를 표현하는 것이 전통적인 의미의 가족이었다면, 요즈음은 그 피가 아주 옅어진 것이 아닌가 하는 느낌이 들기도 한다. 하지만 백명희 시인에게 가족은 지극히 전통적인 개념의 가족이다. 그야말로 너와 내가 아닌, '우리'라는 의식이 짙게 자리하고 있다.

프라이팬에 몸을 누인 너 표정이 없다 어쩌다 삶을 잃었는

지 멍한 눈으로 허공만 바라봐 살이 익는지 타는지도 모른 채
뒤집힐 때만을 기다린다

언니도 생의 마지막 한 달을 꼭 저 생선처럼 누워 있었다 뇌
는 죽고 심장만 살아 산소호흡기에 생을 맡겼던 시간 바늘이
온몸을 퍼렇게 쑤셔 대도 동공 풀린 눈은 움직임이 없고 때마
다 뒤집개로 뒤집듯 몸을 돌려 줘야 했다

치열했던 바다의 기억을 녹이며 조용히 타들어 가는 생선
조심스레 뒤집어 상에 올린다 허망한 삶끼리 마주한 제상, 이
제는 좀 편안한가요?

향대의 연기가 자꾸만 흔들린다

—「기제忌祭」 전문

전통 사회를 유지하는 일 중에 중요한 의미를 지니는 것은
관혼상제와 같은 제례 의식이 아닐까 싶다. 그중에도 상례나
제례는 가슴 아픈 기억을 바탕에 깔고 있기에 단순하게 지나
칠 수 없는 일이다. 위의 시에서 시인은 제사 음식을 마련하
고 있다. 프라이팬에 생선을 굽다가 먼저 세상을 떠난 언니
를 떠올린다. "멍한 눈으로 허공만 바라봐 살이 익는지 타는
지도 모른 채 뒤집힐 때만을 기다"리는 생선을 보면서 "바늘
이 온몸을 퍼렇게 쑤셔 대도 동공 풀린 눈은 움직임이 없고
때마다 뒤집개로 뒤집듯 몸을 돌려 줘야 했"던 언니와의 동일
시를 통해 시인은 속으로 조용히 흐느끼고 있다.

아버지와 오빠는 벌써 갔다

엄마는 너무 늦게 가면
아버지가 못 알아보신다고
소주 한 잔에도 눈물 바가지 하시다가
큰오빠 이어 보내고 눈물이 마르셨다

이승도 저승도 다 산 사람들의 이야기
누구나 가야 하는데 갔다 온 사람은 없고
그저 못다 한 인연에 대한 그리움일 뿐
엄니나 이승에서 잘 살다 가시라고
저승 타령 소용없다 목소리 높이다가

얼굴 한 번 못 보고 보낸 아기 생각에
저승이 있어야 죽어 만날 텐데
나도 모르게 저승을 그리고 있다

　　　　　　　　　　　　　　　—「저승」 전문

　가족 구성원의 죽음에 대해 이성적이고 논리적인 사고를
할 수 있는 사람이 얼마나 될까. 언니, 오빠, 아버지를 앞세
워 보낸 어머니의 통증은 고스란히 시인의 몫으로 돌아온다.
"너무 늦게 가면/ 아버지가 못 알아보신다고" 죽음 타령을 하
는 어머니의 넋두리를 듣고 있다 보면 "나도 모르게 저승을
그리고 있"는 자신을 발견하게 되며, 그 죽음은 이미 시인의
곁에 가까이 다가서 있다. 이러한 죽음의 문제는 시인에게 쉽

사리 걷히지 않는 문제로 내내 시인의 의식을 지배하는 것으로 보인다. "국적 불명 모기 한 마리 죽어 있"(『불법체류자』)기도 하고, "검버섯 가득한 죽음"(『아버지의 밤』)으로, 인해 "죽은 듯 시간을 멈추고 싶은 밤"(『0시』)을 견딘다.

*

백명희 시인의 첫 시집을 채우고 있는 시편들은 쉽게 보고 지나칠 수 있는 생의 한 장면이지만 시인의 눈을 통해 우리의 삶과 직결되고 누군가에게 빚진 삶을 되돌아보게 된다. 이러한 면에서 "오늘의 시는 너무 크고 높은 것만 좇는 것 같아요. 그래서 자잘한 삶의 결, 삶의 얼룩은 다 놓치고…, 시의 값은 오히려 작고 하찮은 것, 못나고 힘없는 것들을 감싸 안고 스스로 낮고 외로운 자리에 함께 서서 하나가 되는 데 있는 것이지요"라는 신경림 시인의 지적은 오늘을 사는 시인들이 귀 기울일 만하다고 생각된다.

이러한 지적에 걸맞게 백명희 시인은 이번 첫 시집에서 처연한 삶의 기원과 기반을 부정도 긍정도 하지 않으며 끝끝내 부여잡고 가는 경험의 시학을 여실히 보여 준다. 삶의 비애와 진실이 담긴 쓸쓸한 풍경들이 사뭇 인간적이고 진실한 감동을 남긴다.

천년의시인선